DORES EM SALVA

Editor
Eduardo Lacerda

Assistentes Editoriais
Amanda Vital
Gabriel Santana
Içara Bahia
João Vitor Nascimento
Raquel Alves
Ricardo Escudeiro

Capa e Projeto Gráfico
Carla Heloisa

Administrativo e Comercial
Pricila Gunutzmann

Administrativo e Marketing
Sofia Fernandez Gunutzmann

Expedição
Sheila Gomes

Eventos
Flávio Rodrigues

Catalogação na publicação
Elaborada por Bibliotecária Janaina Ramos – CRB-8/9166

C268d Cardozo, Elimário
Dores em salva / Elimário Cardozo. – São Paulo: Patuá, 2024.
124 p.; 12 X 18 cm

ISBN: 978-65-5864-980-9

1. Conto. 2. Literatura brasileira. I. Cardozo, Elimário. II. Título.

CDD: 869.93

Índice para catálogo sistemático
I. Conto : Literatura brasileira

Editora Patuá | Livraria Patuscada
Rua Luís Murat, 40
Vila Madalena – São Paulo – SP
(11) 96548-0190
editorapatua@gmail.com
www.editorapatua.com.br

DORES EM SALVA

ELIMÁRIO CARDOZO

PATUÁ
EDITORA

"A beleza não está nem na luz da manhã
nem na sombra da noite, está no crepúsculo,
nesse meio tom, nessa incerteza"
Lygia Fagundes Telles

A MULHER QUE COMIA BARRO

Cheguei no velório de Dona Ana e antes de ver o caixão no meio da sala, em cima de apoios de ferro e com rodelas de limão num pires embaixo dele, dei de cara com o viúvo Seu Antônio, o rezador. Ele estava junto de outros homens na porta da casa, e dizia que nunca pensou ver sua velha indo para debaixo do chão, prestes a comer terra antes dele. Fiquei pensando nisso que ele disse. Sempre penso na morte como a hora de ser comida pela terra e não o contrário. Imagino o corpo se desfazendo devagarinho e virando barro vermelho. Comer terra pra mim é coisa que me faz viva.

Eu não lembro de certeza quando comecei a fazer o barro de comida. Eu ficava no fogão de lenha preparando o almoço pra meu marido e meus moleques, que chegavam da roça varados de fome e, mesmo com o comer cheirando nas panelas, o pensamento de comer terra não me deixava, eu ficava até me tremendo de vontade. Quando decidi que essa não seria uma daquelas coisas que a gente mulher tem que se conformar em deixar pra lá, meti na boca o barro vermelho da ribanceira de detrás da casa.

Depois de um tempo, passei a catar o barro em outros cantos do sítio. O sabor da terra vai apurando diferente em cada lugar. O barro do meio da estrada não é tão bom, tem pedregulho, corta a gengiva e até já quebrei um dente, mas eu gosto porque, enquanto eu mastigo, fico alerta e meus pensamentos chegam a algum lugar. O barro que pego junto dos pés de fruta e das flores é meio aguado, derrete na boca e eu acho que não mata a vontade direito, acho que é barro pra planta mesmo e não pra gente, mas é bom pra temperar os outros. O melhor mesmo é o da ribanceira, acho que porque nela eu consigo cavar um barro que está mais no fundo, que tem apurado tudo que já caiu por terra ou foi enterrado nela. Eu faço a bolinha redondinha igual uma acerola e coloco em uma lata de goiabada vazia. Carrego essa vasilha comigo e vou comendo o dia todinho.

Ouvi várias vezes meu marido e meus filhos dizendo que vontade de comer barro é coisa de quem tem lombriga das grandes dentro do intestino, ou até uma anemia pesada. Mas minha coragem pra fazer as coisas de casa e as obrigações aqui no sítio nunca foi do tipo de gente doente, então eu não me aperreio. Barro tem de monte, não falta e ainda é de graça.

Teve uma época que chegaram a pensar que esse meu costume ia acabar. Isso aconteceu quando um médico que chegou no postinho daqui do sítio ficou sabendo desse meu costume e mandou agendar uma consulta. Na mesma hora que me viu comendo aquele barro enquanto esperava minha vez pra ser atendida, já foi logo fazendo a maior zoada. Deu ordem pra que eu furasse a fila e entrasse logo no consultório. Achei ele curioso com minha situação. Fiz questão de dizer que eu me sentia bem assim, do jeitinho que eu estava e fazendo o que eu queria fazer. Mas ele não demorou pra garantir que aquilo era doença mesmo. Disse que devia ser uma anemia, que ele confirmou assim que eu fiz os exames de sangue. Ele disse que era uma anemia muito, muito grave. Que anemia dava uma coisa chamada pica. Chega arregalei o olho na hora, mas o médico disse e repetiu que esse era o nome certo. Pica. Tentou me explicar com outro nome dizendo que era um tal de apetite pervertido causado pela anemia. Pervertido e pica dava tudo no mesmo lugar. Tive até vergonha de dizer esses nomes pro meu marido. No fim das contas, o tratamento era tirar meu útero, já que a anemia era resultado de muito sangramento que eu tinha. Sangramento que era o menor dos incômodos na vida de luta que eu levava. Tiraram meu útero, tomei remédio para matar algum verme que eu tivesse e as minhas taxas no sangue melhoraram. Mas a vontade de comer barro continuou do mesmo jeito. Que diferença faz um útero pra uma mulher que já teve os filhos que tinha de ter? Minhas obrigação e medo não mudaram com cirurgia nem remédio nenhum.

Continuo fazendo e comendo minhas bolinhas. Não tem anemia nem verme que explique essa vontade. O doutor quis me mandar pra um colega dele, um psiquiatra que atende na cidade. O pobre médico, iludido. Eu não troco essa argila onde a gente joga a semente e vira árvore, onde nosso suor vira fartura e onde a vida segue depois da morte, por um remédio que deixa a gente andando e fazendo as coisas sem pensar, balançando a cabeça e dizendo sim pra tudo, menos pras próprias vontades. Quero seguir assim.

É difícil explicar a sensação de comer a terra. Mas toda vez que como alguma bolinha de barro, sinto como se eu me encontrasse naquele gosto. Se eu fechar os olhos, posso me ver mocinha, antes do sangue descer por minhas pernas pela primeira vez, sonhando em ter uma égua e sair por aí galopando igual eu via minha mãe fazendo, toda vez que ela saía apressada para pegar algum menino que estava pra nascer. É a lembrança de quando eu era menina que mais se aproxima do gosto da terra. É esse gosto da terra que mais me deixa perto daqueles que já se encontraram com o tempo de morrer. É comendo terra que tenho conseguido devorar meu medo da morte. É como seu eu me alimentasse do destino derradeiro e eliminasse as chances dele me pegar de surpresa.

Não é segredo pra ninguém que a gente é tudo feito de barro. Não é conversa fiada do padre porque quem confirma isso é a certeza da morte. Minha mãe hoje é só barro, assim como meu pai, meus dois irmãos e meu primeiro filho. Assim como um dia também vou ser.

Lá no velório, fiz questão de chegar junto do caixão e, quando vi a velha Ana enfeitada de flor de defunto, com a mortalha cobrindo o rosto feito um véu de noiva, dentro daquela última morada tão apertada, doada pela prefeitura, tive a certeza de que a morte não vai conseguir me pegar desprevenida. Os rituais são sempre iguais e o destino já me é familiar. Agarrada com minha lata de goiabada, cheia de bolinha de barro, eu me abaixei para perto do ouvido da defunta e disse a ela que não se preocupasse. Comer terra não é tão ruim como dizem ser. E quando foi de noite, sonhei com meu próprio enterro. Eu assisti meu povo ao redor de uma cova rasa, vazia, sem caixão nenhum dentro. Cada um pegava uma mão de terra e jogava dentro do buraco, um de cada vez, se retirando logo depois. Eu acompanhei todo o ritual, até que minha cova sem corpo ficasse toda cheia de mim.

EU, LUCILENE E MARTHA

Estou neste quarto que dizem que sempre foi meu e já consigo quase acreditar. É verdade que sou eu nesse retrato desbotado. Uma mocinha tão feliz na sua primeira eucaristia. E nessa foto abraçada com Lucilene e Martha na orla de Boa Viagem. Tem também esse quadro na parede dizendo ex-professoras homenageadas, tem nossos nomes escritos em letras douradas e o ano, 1990. Na mesinha que avisto daqui reconheço a santinha que ganhei da minha mãe. Espero que ela não demore para voltar da feira. Hoje é sábado e ela deve ter ficado com pena de me acordar tão cedo. Mamãe cuida muito bem de mim, me abraça, faz tranças em meus cabelos, me perfuma inteira com a colônia de alfazema. Como eu te amo, mamãe! Eu te amo tanto que quando acordei esqueci que você já morreu e levantei no susto para te ajudar a fazer o café. Levantei repetindo comigo mesma, não se confunda, pegue a panela e depois coloque a água dentro, vá até o fogão e acenda o fogo. Hoje eu ia lembrar de tudo, mas me perdi, não achei a cozinha e voltei para o quarto.

Lucilene e Martha, alguns anos mais novas, ainda têm a cabeça no lugar. Agora elas tomam conta de tudo. Somos só nós três e, quando me dou conta das confusões que tenho feito, imagino como tem sido difícil sem uma de nós nas obrigações da casa. Lucilene ou Martha, nem sei qual, me alertou que hoje é o dia da fisioterapia. Tenho andado mais devagar e, a cada dia, empeno mais para frente. A fisioterapeuta é uma moça linda, muito parecida com uma grande amiga de infância. Semana passada a gente brincou com um bambolê. Ri demais lembrando do passado. Eu espero que hoje a gente jogue amarelinha. É minha brincadeira favorita. Papai me deu uma caixa de giz e eu vou riscar a calçada. Não passa quase ninguém por nossa rua e a gente pode brincar em paz. Eu quero brincar com Lucilene e Martha. Como a gente sempre faz, juntas. Como elas me amam! Mesmo com noites tão perturbadas e tendo o mijo vazado da fralda várias vezes, ainda assim, continuamos dormindo juntas. Na verdade, tenho dormido só com Martha porque Lucilene viajou, só não lembro para onde.

Martha sempre foi de viajar, coisa do trabalho dela. É concursada pública, bióloga, por isso vive pelo mundo, de bioma em bioma. Por isso tenho dormido só com Lucilene, Martha viajou, só não lembro para onde. Nos acostumamos a dormir sem ela. Nós, por sermos professoras de colégio, sempre trabalhamos por aqui mesmo, passando mais tempo juntas. Lucilene tem ficado muito emocionada quando eu pergunto por Martha, coisa que nunca aconteceu. Eu tenho que consolar dizendo que logo nossa querida aventureira estará de volta. Coisa estranha. Minha saudade também está maior, confesso. Às vezes eu sinto como se Martha já estivesse fora há muito mais tempo.

Às vezes eu sinto saudade da sala de aula e sinto que Lucilene também. Mas aproveitamos bem cada fase. Somos excelentes professoras. Acho que foi ontem que recebi uma carta, era uma mãe agradecida pelo que fiz na educação do seu filho.

Eu respondi com muito carinho e vou pedir a Lucilene que deixe hoje mesmo no correio. Como somos excelentes professoras! Veja esse quadro na parede dizendo ex-professoras homenageadas, com nossos nomes escritos em letras douradas e o ano, 1990. Vou mandar avisar que não conseguirei dar aula hoje, estou indisposta.

Eu quero descansar um pouco. Lucilene chega hoje de viagem e quero fazer uma surpresa às duas, como nos velhos tempos. Preciso estar com disposição. Vou fazer um pão, separar um bom vinho verde e preparar um caldeirão de arroz com peixe e camarões. Tenho que comprar camarões frescos. Vou usar o peixe que pesquei com papai. Que emoção esse dia. A vara entortando a ponto de quebrar e ele correu para me ajudar. Está no congelador? Deve estar. Quantas saudades, papai. Quero servir com aquela louça portuguesa de mamãe. Lucilene e Martha adoram a mesa posta com perfeição. Provavelmente será uma daquelas madrugadas felizes ao som dos nossos discos de músicas francesas. Nosso sonho é conhecer Paris, as três, sempre juntas. Martha chega hoje de viagem e quero fazer uma surpresa às duas. Eu e Lucilene estamos com saudades. Muitas saudades. Acho que vamos para a cama antes mesmo de jantar.

Eu disse a Lucilene que vou fazer o jantar. Ela ficou chateada inicialmente, disse que Martha não viria, nunca mais viria. Tola. Martha me ligou ontem e avisou que vai chegar. Depois que expliquei tudo ela amou a ideia. Vi o quanto ficou emocionada. Disse que eu preciso me dedicar na fisioterapia para conseguir fazer tudo que pretendo essa noite. A noite do reencontro. A melhor parte dessas viagens de Lucilene, digo, de Martha. O retorno para casa! Nós três, brincando juntas!

Eu estou tão empolgada que nem vi o tempo passar. Eu até adormeci. Lucilene disse que a fisioterapeuta tentou me acordar e eu estava apagada. Acho que são esses remédios. Mas Lucilene salvou a noite. Lucilene fez o jantar. Fez um prato que só comemos juntas, nós três, sempre juntas. Adivinhe. Caldeirão de arroz com peixe e camarões. É uma noite especial. Provavelmente será uma daquelas madrugadas felizes ao som dos nossos discos de música francesa. Nosso sonho é conhecer Paris, as três, sempre juntas. Lucilene avisou que Martha vai atrasar, parece que ligou avisando. Lucilene sugeriu que nós comêssemos um pouco do arroz para não passar mal de fome. Não na louça portuguesa. Na louça portuguesa só quando estiverem as três. Lucilene disse que colocou um ingrediente especial no arroz. Não me contou o que é. Ela é a que melhor cozinha de nós três. Ela disse que vamos comer o arroz e, logo após, nos deitaremos um pouco e que, com certeza, hoje encontraremos Martha e ficaremos juntas. Nós três, eternamente, sempre juntas!

VIÚVAS VESTEM VERMELHO

— Pode chorar, minha querida. É natural que ao chegar à noite a gente não consiga mais manter as lágrimas represadas. A lua tem esse magnetismo que nem os grandes lagos ou oceanos conseguem escapar. Sabe, eu penso que não seria de todo mal se ele morresse ainda hoje, quer dizer, desculpe, se ele conseguisse descansar ainda hoje. Diante da espera pelo tal inevitável, que ele ao menos não se demore, não é verdade? Eu sei que no fundo você já se conformou, mas é que chegando a hora é que descobrimos que todo preparo não serve de nada. Senti isso quando perdi a minha mãe. Ela já era um trapo de gente, uma plantinha que eu regava de papa açucarada três vezes ao dia, e se mantinha viva com pouquíssimos goles de água. Era sempre cheirosa como um jardim de gardênias e tão muda quanto as mesmas flores. Ainda assim, no dia de sua morte, achei que fosse morrer junto. Imagino, então, a sua situação, o vendo ir embora assim tão jovem. E muito do seu choro se deve ao avançar das horas, que faz desse quarto de hospital um lugar ainda mais triste. Faz a gente desejar até aquele vai e vem dos urubus vestidos de branco. Não, não me olhe assim achando que é exagero a forma como os chamo. Você verá que eles chegarão mais rápido quando a morte enfim deitar-se ao lado do seu esposo. Foi assim quando perdi o meu. Você vai ver que até aquela enfermeira gorda, que nunca traz a morfina na hora certa, vai aparecer rapidinho. E acredite em mim, você vai ficar bem. A gente sobrevive. No começo, é natural nos acharmos egoístas, principalmente quando estamos experimentando a felicidade de novo. Mas o que é viver senão aceitar enterrar nossos mortos? Depois de um tempo você nem espera mais seu corpo clamar por um frevo, você mesma ergue os peitos e ombros para assoprar os clarins. E você ainda é moça, tem muito o que viver, lugares para visitar, homens para conhecer. Por favor, querida, não se envergonhe da pitada de felicidade que lhe provoquei. Pude ver em seus olhos, mas não vou lhe julgar, fique tranquila. Quando a morte levou o maldito do meu esposo embora, eu já tinha meus sessenta e cinco anos. Depois que ele morreu, a última vez que aceitei fingir ser o que não sou foi no seu velório. Chorei um rio de lágrimas tão falsas que, se elas inundassem aquela sala da funerária onde estávamos, as pessoas se surpreenderiam por conseguirem respirar embaixo da água salgada. Só não me vesti de preto, isso para mim já seria demais. Ainda desmaiei duas vezes nos braços do meu filho mais velho. Fingi mesmo. Esse meu filho era louco pelo pai. A gente carrega na barriga, sente as dores do parto, morre por eles para que acabem gostando mais do pai. Tive quatro filhos, todos homens. Todos mais apegados ao pai do que a mim. Eles nem me visitam mais. Não aguentam as verdades que falo sobre as esposas deles. Ainda bem que você não tem filhos, vai ser mais fácil retomar a vida. Foram dez anos maravilhosos os que vivi após a morte do meu marido. Eu já estou falando como se não fosse escapar dessa, mas não estou prestes a morrer, eu sei. Não estou com uma doença terminal, minha cara está rosada e redondinha, não estou caquética como seu esposo, coitado. Desculpe querida, mas ele já está a respirar como um peixe fora d'água, veja. Mas como eu dizia, os dez anos que vivi viúva foram os melhores da minha vida. Acho muito difícil que agora, com um fêmur quebrado, esperando essa bendita cirurgia, eu consiga retomar minha rotina. Veja, se não fosse você nesses três dias me ajudando, nem banho eu teria conseguido tomar. Sou uma sortuda por ter parado na mesma enfermaria que vocês. Seu marido foi o melhor companheiro de quarto que eu poderia ter; não reclama de nada, não atrapalha meu sono; quando geme, geme baixo, e ainda ganhei você para me ajudar. Inclusive, venha aqui. Abra essa bolsa maior. Essa não, menina. Você sabe o que significa maior? Isso, agora sim, essa mesma. Tem um vestido vermelho no fundo... pode tirar tudo de dentro, isso, jogue aqui na cama. Achou ele? Maravilha! Esse mesmo! Quem fez esse vestido foi Rita, minha melhor amiga, uma costureira de mão cheia. Eu tinha ido buscar ele quando, na volta para casa, caí na rua.

Maldita hora que resolvi ir buscar esse pedaço de pano. Mas eu queria ir com ele para o Clube das Pás. Vou todas as sextas. Você não conhece, né? Mas não importa. Imagine um lugar onde as pessoas se divertem e pronto. Para mim é sagrado. Na sexta eu danço e no domingo eu rezo. Não deixo de ir à igreja porque lá arrumo mais pretendentes do que no baile. No baile, meu corpo é da dança. Está vendo o tecido do vestido? Era para ele disfarçar meu balançado mais lento e mover-se facilmente, completando o movimento por mim. Agora, se eu quiser me balançar, vai ser numa cadeira de rodas. Que triste fim para uma velha que se entregou à vida tarde demais. Por isso quero dar esse vestido a você. Aceite, sua tola. Claro que eu sei que cabe duas de você dentro dele, não precisa me lembrar que estou imensa. Mas ache sua própria Rita e ajuste o vestido. Sei que é mais fácil encontrar quem faça isso na cidade onde você mora do que aqui na capital. Leve ele com você para que não me esqueça. E não esqueça que deve continuar a viver, isso na melhor das hipóteses, porque talvez, assim como eu, você tenha mesmo é que começar a vida de verdade agora. Não se assuste com meu osso poroso que se quebrou. Vá atrás dos vestidos que quiser! Recomendo explorar os tecidos vermelhos. Todo mundo espera que você ande por aí vestida de preto, deixando suas cicatrizes na sombra e totalmente escondida do mundo. Não se esconda, querida. E na busca por esses vestidos, caia quantas vezes precisar, mas vá agora enquanto isso não lhe custará um fêmur quebrado. Na verdade, agora você precisa mesmo é chamar a enfermeira. Veja, querida, ele finalmente parou de respirar.

AUSÊNCIA

Uma discreta névoa se insinua pela casa. A lavanda vai ganhando liberdade para dançar e se integrar ao ambiente. Partindo do quarto do casal, ela espalha seu efeito ansiolítico todas as manhãs. Percorre o estreito corredor, entra nos quartos onde não dormem mais nenhum dos filhos, até tornar-se onipresente ao se difundir pela sala onde o rádio está sempre ligado.

Próxima ao rádio, sem importar-se com as músicas, propagandas ou notícias de um mundo cada vez mais cansado, resiste uma mente que insiste em romper as fronteiras físicas de uma cabeça já prateada. Olhos quase encobertos pelo excesso de pálpebras repousam sobre palavras recém-escritas. Grossas lentes os auxiliam a distinguir cada letra e assombram observadores, ampliam uma escuridão adquirida e aprofundada pelo tempo.

Ela passa a manhã ancorada na poltrona menor. Ao seu lado, em uma segunda poltrona, uma almofada definitivamente arrumada pela ausência denuncia a falta. Entre as poltronas, uma mesa de madeira suporta o peso dos anos que uma fotografia do casal carrega. Aquela mulher, ainda muito jovem, com um sorriso luminoso intensificado pela artificialidade das fotografias anunciadas, dizia sim à felicidade que pretendia ao lado do seu companheiro.

A mão que escreve tem a pele frágil, com veias que se desenham nítidas e desaguam em equimoses facilmente adquiridas. Os dedos em deformações que lembram pescoços de cisnes agarram a caneta como podem. A única saída possível para mãos que só param de tremer enquanto se movimentam. Há sempre um jornal do dia sobre a mesa. Há sempre papel e caneta. Os textos escritos acumulam-se numa caixa devidamente tampada para as palavras adormecerem no escuro, descansarem, evitando uma revolução diante da penosa obrigação de assimilarem a ausência.

No final do corredor, vindo do quarto do casal, gritos incompreensíveis destroem o poder tranquilizante do aroma que tomou o ambiente. Ela olha o relógio em seu pulso. É a hora dele. Acordou. E a velha boca murcha, que já foi um mar vermelho a desafiar a travessia de um mesmo homem por anos, exclama sem pudor:

— Seria melhor se eu também não o reconhecesse mais.

INFESTAÇÃO

Ela se preparou para a vingança durante semanas. A demora foi só o saco ficar cheio dos vermes que vem juntando todas as noites quando vai dormir. Há seis meses fala desses parasitas que infestam seu corpo, bichinhos brancos de corpo mole, parecidos com larvas de mosca varejeira, cegos nas duas pontas, sem olho e sem cu. Bichos que aparecem misteriosamente no seu colchão e são arrastados com o rodo para dentro de um saco. Se ninguém acredita nela, se os médicos dizem que é tudo confusão dos seus sentidos, se o padre diz que não é uma questão espiritual, se os seus dois filhos dão risada e se recusam a checar a cama como faziam no começo da infestação, então eles provariam do mesmo mal que ela.

Ela decidiu que o dia da missa de Santa Luzia seria a oportunidade perfeita. A padroeira daquela comunidade rural havia de fazer um milagre. A santa protetora dos olhos tiraria a cegueira do povo daquela serra e faria com que todos enxergassem o mal responsável pelo seu terrível vale de lágrimas. Seria milagre e castigo, tudo junto. O milagre de lançar luz sobre o que aquele povo dizia não conseguir ver e, por ser uma santa justa, traria junto o castigo por terem duvidado de todo o sofrimento de uma mulher devota. O plano é simples: entrar no meio da homilia com o saco nas costas e despejar todos aqueles vermes pálidos no meio da capela, esperando que eles atormentem homens, mulheres e crianças com a mesma habilidade que penetram por todos os seus orifícios sem falharem uma noite sequer.

Ela fez questão de engomar a roupa dos filhos para que fossem à missa naquela noite. Se o marido não tivesse fugido com a filha adolescente do seu Américo, ela teria engomado a dele também, como sempre fez. Na verdade, se o marido não tivesse desgraçado sua vida com essa vergonha, com certeza até ela iria de roupa engomada agradecer à Santa por pelo menos estar viva, ainda que atormentada por esses bichos. Teria até força para fazer promessa e pedir pelo sumiço dos vermes, mas do jeito que a vida estava, tinha mais raiva das pessoas que não acreditavam no seu sofrimento do que dos próprios parasitas. Por isso, precisava seguir com o plano e, para evitar suspeitas, doou duas galinhas gordas para o leilão da Santa, que aconteceria logo após a missa. O povo tinha que pensar que seria mais um ano de festa como sempre foi. Do começo ao fim.

Ela sabia que mais uma vez a procissão sairia da casa de Dona Joaquina, uma velha que foi curada da cegueira por um milagre quando ainda criança. Desde então, a família dela mantém a tradição de acender velas e comemorar o dia treze de dezembro. O andor com a imagem da Santa sai sempre da casa deles, ornamentado de flores do campo e antúrios vermelhos. Enquanto os homens se revezam para carregar o andor nos ombros, as mulheres pisam descalças na terra seca, protegidas dos espinhos pelo próprio couro grosso dos pés, arrastando as crianças pelo braço e segurando, com a outra mão, uma lanterna cuidadosamente feita com vela e garrafa vazia de refrigerante, até que cheguem à capela para assistirem a missa e pagarem suas promessas.

Ela presumiu que não estranhariam a ausência dos seus cantos e viva à Santa como sempre fazia. Afinal, nos últimos seis meses, tem evitado contato com os vizinhos. Mesmo se esforçando para que todos atribuam sua amargura apenas à infestação, mesmo seu único assunto sendo os vermes destruidores do seu sono e de sua paz, mesmo que esse fato tenha surgido logo uma semana após a fuga do esposo, as pessoas só querem falar sobre a partida do homem e da moça, dos quais nunca se soube o paradeiro. Ela não suporta mais essa conversa, então prefere se isolar ou, no máximo, lamentar pela infestação. Como ninguém acredita nos bichos que ela junta em segredo todas as noites, preferiu manter-se distante dos incrédulos.

Ela ouviu quando a procissão passou em frente à sua casa, mas nem abriu a janela, ficando embaixo dela, atenta. Manteve-se em silêncio, calculando mentalmente o tempo necessário para o povo chegar na capela, decidindo que horas colocaria o saco nas costas para sair em sua missão. O saco estava apinhado, com a boca bem costurada de barbante e, se visto por um observador atento, podia notar que o seu conteúdo se movimentava sutilmente, denunciando que as coisas ali dentro estavam vivas e aos montes.

Ela resolveu cortar caminho até à capela, foi por dentro da pequena mata que restava às margens do rio que passava na serra. O caminho era mais difícil, mas só assim garantiria que ninguém a visse. Só não imaginava que essa infeliz estratégia colocaria tudo a perder. Não estava nem metade do caminho quando sentiu que o chão faltou. Não teve tempo de pensar em mais nada. Caiu de cara. A cabeça amorteceu todo o impacto da queda. O saco abarrotado que carregava nas costas estourou junto com seu crânio na cama de pedras, que tinha sido deixada para aumentar a eficácia da armadilha, feita para abocanhar uma grande caça. Engolida pelo buraco, pôde, finalmente, descansar da infestação. Com fogos para Santa Luzia, Ave-Marias cantadas e vivas a Jesus Cristo, o povo fazia naquela noite, sem que soubessem, o maior velório que aquelas terras já presenciou.

Deram por falta dela só na manhã seguinte, mas não mobilizaram grandes buscas. Seus dois filhos achavam que era mais um agravamento da doidiça e que ela apareceria logo. Apenas no quinto dia de sumiço, quando algumas crianças brincavam na beira do rio, acharam seu corpo na grande cova. A cena chamava a atenção. Ela estava de bruços, com a cara nas pedras. Farrapos de seda branca do que já fora um vestido, junto com terra encharcada, cobriam suas costas e as grandes nádegas. Com os braços e pernas descobertos, notava-se que a pele estava intacta, inclusive com a mesma cor que possuía, como de alguém que apenas dorme. Não se viam manchas de sangue em lugar nenhum. Seus braços e pernas haviam perdido os contornos dos ossos e dos músculos e pareciam inchados, cilíndricos, como se, abaixo da pele, algo os preenchia e dava o formato de grandes linguiças. A cabeça e o pescoço estavam cobertos por um saco de nylon vazio, rasgado, o qual não trazia pistas do que contivera antes do acidente. Não havia cheiro algum e a polícia retirou o corpo de dentro do buraco sem grandes dificuldades, tendo que, apenas conter o espanto de levantar um corpo totalmente flácido, que apenas a pele indicava sinais de humanidade, como se nada esperado para um humano existisse por baixo dela. Nesse movimento de retirada, perceberam que os olhos da mulher não existiam mais e, do buraco que se abriu em sua testa, bem como dos que antes era ocupados pelos globos oculares, caiam dezenas de centenas de vermes, e surgiam novas cachoeiras deles à medida que os homens apertavam o corpo para o colocarem num saco preto e o conduzirem até o IML.

Ao abrirem o corpo, não havia órgãos. Apenas vermes. Incontáveis vermes. Nem os ossos sobraram. Ela tornou-se um verdadeiro ser invertebrado. Um invólucro para parasitas. Uma equipe de médicos legistas foi chamada, mas não foi possível comprovar que a morte se deu pelo trauma cranioencefálico, pois nem cérebro sobrou para ser analisado na calota craniana. Autopsia inconclusiva. Dentro dela, tudo era verme. Chegaram a cogitar que, se alguém a tivesse ajudado no momento em que o chão faltou aos seus pés e ela caiu no buraco, talvez, apenas talvez, os vermes não a teriam consumido. Não conseguiram nem dizer há quanto tempo aproximadamente ela caiu e morreu. Poderia ser cinco dias, mas se dissessem que ela estava morta há seis meses, nenhum especialista poderia discordar.

Atestaram como morte de causa desconhecida.

TERAPIA

Surgia em mim um fascínio quando eu percebia o que estava por vir. As mudanças se refletiam desde a mímica de sua face até a velocidade, direção e intenção de suas pinceladas na tela. Eu enxergava claramente a censura perdendo a força e o espírito dele ficando livre. Ele se transformava em uma espécie de Edvard Munch se autorretratando em "O grito". Era arriscado. A gente sabia que era arriscado. Mas era tudo pelo despertar daquela subjetividade caótica. Ele me pedia para ajudá-lo nessa jornada. E não me arrependo. Eu me deixei ser capturada por aquela mente confusa, repleta de ideias torturantes e deprimentes e, em muitos momentos, grandiosas. Eu sabia que não era exatamente um buraco negro. Tinha luz. Tinha cor. Cores e formas que só surgiam se houvesse angústia. Minha missão era controlar a fera e deixar a corda esticar até o limite da ruptura. Ele só ia adiante quando flertava com o limite.

Quando a tempestade chegava, eu me apegava à luz dos olhos dela pra não me perder. Eram faróis no meio daquela confusão de pensamentos. Os pensamentos que chegavam como imensas ondas, tão imensas que não pareciam nascer em mim. Era a natureza, só a natureza sendo a natureza, imensas e assustadoras e poderosas e destruidoras e controladoras e indecifráveis e eu à deriva; eu só me deixava levar por essas ondas de pensamentos, ora levado até as profundezas onde a falta de luz me ardia os olhos e a pressão esmagava todo o meu corpo, ora empurrado para cima até o topo de onde era arremessado e eu caia, caia de todo jeito e sem tempo para pegar ar eu já me via de novo submerso. Não era nada bom e tinha uma ressaca e tinha tanta dor e tinha o esquecimento do que se passou porque era tanta onda e tanta onda e tanta coisa que só ficavam sensações da tempestade e dos faróis, os faróis que me convenciam a entrar em alto mar. Eu não gostava. Mas eu a via admirando a pintura. Ela chorava ignorando as marcas em seu corpo. Me agradecia. Sei que é difícil pra você, ela dizia. Sempre queria mais.

Desde a nossa primeira sessão, todas as minhas condutas se voltaram a acolher e aliviar aquele sofrimento. O impedimento inicial foi a ausência da palavra. Foram horas em silêncio, dias sem avanços, semanas que se passavam e ele não se incomodava com o fato de estar em frente a mim soltando apenas frases como "É boa tarde ou boa noite?", "Não estou bem pra falar" ou "Eu só venho porque me obrigam", até que, por volta da sétima sessão, ele me surpreendeu falando "Eu trouxe isso para você". Ele, de pé, em um balançar ansioso, segurava uma tela em chamas. A disposição das cores e aqueles movimentos trouxeram um foco de incêndio para a sala. Era a própria descoberta do fogo e a sensação era que em algum momento uma faísca cairia sobre o tapete para se agigantar e nos consumir. Diante daquele talento, as chamas responsáveis pelo Grande Incêndio de Londres sentiriam vergonha e se apagariam das telas. Eu me vi ardendo instantaneamente e, como a cidade de Roma incendiada por Nero, um homem jovem me fez queimar durante dias.

Sem o movimento das ondas não tinha pintura. Os olhos dela, os faróis, não surgiram por conta das tempestades, eles invocavam as tempestades. As sessões de terapia se mudaram para a casa dela. Pedido dela. Eu precisava dela, sim, eu precisava daquelas palavras tão maternas e daqueles peitos pequenos que eu mordia, mordia forte e ela não reclamava nem quando sangrava porque sabia que eu precisava. Dezenas, centenas de incêndios em telas, nas paredes, no chão do quarto e nas cortinas da sala. Era o inferno. Era tortura. Eu desejava queimar como minha mãe tentou fazer quando só conseguiu levar meu pai junto. O movimento das ondas me atingia e me afogando eu produzia chamas.

Eu não insistia nesse jogo pelo amor à arte. Era o meu papel enquanto terapeuta. O amarelo de Van Gogh não era apenas fruto de inspiração artística; ele sofria de uma intoxicação pelo uso da dedaleira para tratar suas crises psicológicas. Apenas precisei fazer uma associação simples. Havia um motivo para tantas chamas estarem sendo pintadas com tamanha perfeição. Eu queria saber o que intoxicava nesse caso. O tóxico que inspirava era o trauma por quase ser queimado vivo? Seria a ausência dos pais? A mãe louca que resolveu queimar seu próprio filho de sete anos? Os abrigos para menores nos quais viveu? As famílias que sempre o devolviam? O que quer que fosse, eu estava ali para acolher, dar voz, enfim, ajudar ele a elaborar. Por isso eu pedia para ele recordar o momento. E com o pincel na mão, ele falava. Pintava e às vezes até gritava. Às vezes chorava e pedia para parar, eu sei, mas era necessário. Ele revivia os fatos e eu estimulava para que os narrasse. Passamos diversas vezes pelos gritos histéricos da mãe, pelos gritos de dor do pai ardendo nas labaredas, pelo desespero de se ver criança em um barraco em chamas. Mas nunca ficava claro como o fogo realmente começou. A insistência nesse ponto o fazia chegar ao ápice do seu potencial artístico, mas também de toda a sua agressividade. Eu queria entender. Minha intenção era ajudá-lo, claro. As obras de arte eram efeitos colaterais esperados.

Eu não vou dizer que queria. Na verdade, eu queria. Não pintar e falar sobre o incêndio, eu queria aquela companhia. Mas ela estava sempre cavando mais e cavando e cavando e procurando extrair mais do que eu podia dar. Ela queria que tivesse sido eu, mas não fui eu, eu juro que não fui eu. A mão gorda e louca dela foi que espalhou a gasolina pelo barraco. Eu falei tantas vezes. Quem riscou o fósforo? Quem riscou o fósforo? Eu não estou melhor. Tudo está mais confuso. Eu já não sei mais a ordem dos acontecimentos. Ela misturou tudo. Tive que dizer que não queria mais, não queria mais pintar, não queria mais falar, não queria mais vê-la sangrar, não queria ficar sem ar daquele jeito eu só queria aproveitar aqueles lábios sempre molhados que se abriam pra mim. Mas as preliminares se faziam na tela. Com o pincel manchando o branco sem vida, com os dedos mergulhando em potes de tinta, produzindo novas cores, percorrendo o corpo, entrando em orifícios, criando texturas, circulando livremente. Foram meses assim. Suportei até o meu máximo.

Eu percebi aquilo que ele não queria admitir. O princípio do fogo era sempre o ápice de sua dor. Fazíamos sempre a trajetória inversa, das cinzas à faísca e ele sempre lidava melhor quando rodeado pelo pó que seus pais se tornaram. Eu hoje tenho convicção de que ele iniciou tudo e, se hoje eu não posso mais enxergar as obras de arte dele e de ninguém mais é porque tentei solucionar o problema em sua origem. Ele nunca admitirá o que fez e a maior prova disso é que mesmo encontrado com as mãos repletas de sangue, apertando e esmagando meus olhos, ele diz não ter feito nada a não ser tentado me conter. Minhas mãos ainda não cicatrizaram por completo das tentativas de me defender. Ele se jogou sobre o meu corpo e eu só resisti até a lâmina gelada entrar à direita. Nem pisquei mais, anestesiada fiquei e a escuridão completa que se fez depois me fez perder totalmente a noção entre realidade e pesadelo.

Eu fui dizendo que não queria mais, que não queria. Eu não queria pintar eu não queria lembrar eu não queria admitir nada porque não fiz nada. Ela foi cortando as palmas das mãos e me oferecendo aquele sangue quente com uma tonalidade difícil de alcançar e perfeita para a tela que esperava pelo fogo. Mas eu disse não e ela parecia convulsionar de raiva, gritava, gemia, uivava, babava, raspava os pelos do abdome, descia com a lâmina entre os lábios e pedia que eu pintasse, começasse, ascendesse como eu fiz quando criança, mas eu não fiz. Eu não pintei nada. Ela disse que se eu recusava mergulhar não tinha pra quê manter os faróis. Ela arrancou os próprios olhos e eu vi, eu tenho certeza. Eu vi quando a luz se apagou. Eu estou perdido desde então. Não sei. Realmente não sei. Estou confuso. Preciso de tintas e de tela. Um pincel me ajudaria.

HEREDITÁRIO

Passei a tarde procurando uma vaca por dentro dos cercados. Montado em Graziela, a égua que ganhei quando criança, acelerei por dentro da vegetação sentindo os espinhos me arrancarem o couro, denunciando que são de verdade. Nada de coisa da minha cabeça. Tenho visto muita coisa e muita gente que só existem dentro dela. Para mim, são de verdade, sinto até o gosto e o cheiro, mas aprendi a saber que elas não existem prestando atenção na cara de tristeza que o senhor fazia, pai. Já houve um tempo de muita reza e jejum lá em casa para que essas insanidades deixassem de me atormentar. Às vezes, invejo minha mãe, cega de nascença, imune a desenvolver qualquer visão. Mas, naquela tarde, ouso dizer que tudo que vi foi verdade. Depois de muito suar com Graziela, achei a vaca sumida, a lacei pelo pescoço e a levei até o curral. Concluímos nossa lida antes do sol sumir por completo e descemos para o rio, que ficava a alguns metros de casa. Tirar a sela do dorso da égua e banhá-la dentro das águas frias era o melhor pagamento possível pelo trabalho.

Chegamos ao rio. Os pés de lírios do brejo ao redor das águas e o ingazeiro que fazia sombra acima das calmas correntezas deixavam o ambiente com pouca luz. Eu e Graziela preferíamos assim. Deixei minhas roupas sobre a pedra grande e entrei nas águas completamente nu, como sempre fiz. Banhei minha parceira de luta massageando seu abdome e alisando sua crina. Dois tapas em sua garupa, um grito anunciando o fim do banho e ela já se mandou para pastar ali perto. Eu iniciei meu banho mergulhando na corrente de água rasa e permaneci deitado, concentrado na sensação da água percorrendo meu corpo. Eu estava deixando de ser um menino. Pelos cresciam e se encaracolavam em minhas partes íntimas. Meus músculos estavam maiores e mais fortes. Eu me excitava facilmente e aproveitava esses momentos sozinho. E foi em um momento de excitação que me deparei com Ela. Sentada na pedra onde deixei minhas roupas, Ela me observava. Um ser fascinante, de pele negra. Não tinha cabelos nem sobrancelhas. Tinha grandes olhos amarelo-vivos, quase dourados, que me faziam esquentar e em nada me assustavam. O nariz era curto e seus lábios não eram exatamente vermelhos, eram da cor de um jambo carnudo. O mais curioso era o seu corpo do pescoço para baixo. Ela era coberta de escamas esverdeadas com um halo dourado, que poupavam poucas partes. Os bicos dos seios eram contornados por aréolas amarronzadas que se exibiam para mim. As escamas cobriam as pernas, mas não a genitália, que era coberta por algo como uma barbatana fina e quase transparente. Estava sentada com os pés dentro d'água e, assim que nos encaramos, ela saiu da sua posição majestosa e veio em minha direção. Eu permaneci deitado, tocado pelo movimento das águas, enquanto eu enrijecia e crescia. Ela me alcançou e se deitou sobre mim. Não falamos nada. Nos beijamos e assimilei a doçura que imaginei. A barbatana não impediu que eu a penetrasse. Lembro daquela boca muda, entreaberta e ofegante, que eu beijava quando não estava com a boca em seus seios. Eu sentia que aqueles seios me preenchiam de um alimento que me fazia homem.

A todo instante, eu tinha medo de constatar que se tratava de mais uma visão de gente louca. Mas consegui sentir bem aquele corpo que me aquecia, além daquele hálito de capim santo, quente, úmido, cadenciado sobre meu rosto. Não sei quanto tempo passamos assim, Ela em cima de mim, nós nos vendo, tomando consciência um do outro sem dizer nada. Na minha cabeça, pareciam minutos, mas o canto da coruja cortou o vibrar sonoro das águas, abrindo uma fresta na densa atmosfera de mistério que nos cercava, me fazendo perceber que já era noite. Aproveitei a interferência do mundo além de nós para finalmente falar e perguntar seu nome, mas Ela apenas virou a cabeça de um lado para o outro, como se estivesse negando algo. Não sei o que o gesto significava para ela. Não sei se devíamos nos estender com palavras. Insisti perguntando de onde Ela veio e, novamente, o mesmo movimento foi feito. Abandonei as palavras. Resolvi me sentar a mantendo sobre o meu corpo e, ao abraçá-la para completar o movimento, cortei meus antebraços em suas escamas. O sangue escorreu e eu sorri. É de verdade, pensei. A beijei como quem se despede de um grande amor e Ela entendeu que eu precisava ir embora. Ela levou minha boca até seus seios mais uma vez, e entendi que ela queria ir comigo para nos alimentarmos daquele prazer mais vezes. Levantei-me carregando-a nos braços e a coloquei na grande pedra, o trono onde a vi primeiro, e Ela entendeu que eu, como um bom súdito, realizaria os seus desejos. Ela arrancou uma escama de seu braço esquerdo e me entregou, entendi que o desejo d'Ela era ser minha. Vesti a roupa, peguei Graziela só com o cabresto, sem sela, coloquei Ela em cima do dorso da égua e montei atrás. Seguimos em um passo calmo até minha casa. A lua brilhante jogava luz suficiente para que Ela percebesse o mundo que cresce da terra firme, longe das correntezas perenes. Comportava-se com uma curiosidade de quem queria experimentá-lo. Apontava e tocava nas folhas das árvores por onde passávamos, colocava a língua pra fora e provava o sereno, olhava suas escamas junto aos pelos de Graziela admirando o contraste. Estava atenta aos sons e, a cada metro percorrido, puxava o ar profundamente pelas narinas, como se quisesse assimilar a distância percorrida através da mudança dos odores. À medida que nos aproximávamos de casa, pude avistar o senhor, pai. Gesticulava bruscamente movimentando-se de um lado para o outro, alternando pisadas firmes no chão com chutes na própria terra e nos pés de boa-noite cultivados ao redor da casa, plantados e cuidados por minha mãe, que eu consegui avistar na janela, fazendo o movimento de quem tem um terço nas mãos, com a face serena, acostumada com sua escuridão de mulher cega.

Quando o senhor percebeu que estávamos chegando, pai, notei que se calou. Quando paramos em frente ao senhor o meu impulso foi sorrir. O senhor não tinha cara de tristeza, pai. Sua expressão era de raiva e espanto. O senhor cambaleou para trás e eu pulei da égua pra te segurar, pra pedir calma, pra explicar a minha demora, pra narrar a minha experiência, pra apresentar esse ser fascinante que eu estava trazendo pra casa. Então, pai, você fez aquela cara triste. Mostrei os braços arranhados e procurei nos meus bolsos a escama, no direito não está, mas espera, não é possível que não esteja no esquerdo, mas eu coloquei no bolso, tenho certeza, em nenhum dos bolsos de trás, perdi. Mas pai, olha, em cima da égua. Ela estava sorrindo pra você, pai. Os grandes olhos hipnotizando qualquer um que apenas resvalasse o olhar em seu vulto. Ela tinha gostado de você, pai. Mas você me disse que não a via. Você nos deu as costas e se afastou. Parou ao lado da minha mãe que estava na porta tentando entender o que acontecia e, sendo os olhos dela, disse que eu era um caso perdido, que estava tendo visões de novo, que não adiantava rezar e que era questão de tempo para eu me tornar um completo louco. Antes de entrar, olhou mais uma vez em nossa direção. Você tinha assombro na face e eu posso jurar que enxerguei os seios d'Ela refletidos nos seus olhos. Você fechou a porta bruscamente, como fez inúmeras vezes, e disse que eu dormiria do lado de fora. Não foi a primeira vez que acreditei que você logo se arrependeria; aguardei em pé de frente à casa, esperando ser acolhido, mas em seguida ouvi o barulho da chave fechando por dentro e me conformei que de novo seria como sempre foi.

Senti que Ela não entendeu o que se passou e confesso que eu também estava confuso com os limites tênues que separam a minha percepção da realidade da maioria. Mas, das muitas noites que dormi no curral como castigo pelas visões das quais não tenho culpa, essa foi a que menos me doeu. Na verdade, em nada me incomodou. Concluí que se tudo que eu estava vivendo era um sintoma da loucura que inevitavelmente me acometeria, era a hora de ser louco sem necessariamente sofrer.

Os bezerros já estavam acostumados com minha presença durante a noite. Tirei o cobertor que eu guardava embaixo do cocho deles e o estendi no chão. Não deixei que Ela andasse naquele terreno de terra e esterco. Seus pés eram delicados e finos como se nunca tivessem pisado no chão antes. Ela foi em meus braços da égua até o leito que preparei para a nossa noite. Improvisei um travesseiro com minhas roupas. Deitamo-nos e seguimos na comunicação que dispensava palavras. Naquela noite assumimos um ritmo que não foi ditado pelas águas. As escamas pareciam navalhas afiadas dispostas a dissecar meu corpo para achar respostas de perguntas que eram minhas. O corpo d'Ela sobre o meu fazia cortes em várias direções na minha pele, desenhando formas geométricas no meu tronco por inteiro, que ardia a cada corte, intensificando o prazer que eu sentia. Suas mãos trabalhavam com o sangue que escorria; ele dava cor às formas desenhadas; lambuzou nossos rostos com ele até que, na sombra da noite e cobertos pelo mesmo vermelho divino, pegajoso e com odor de ferro, parecêssemos a mesma pessoa, numa duplicação fantasmagórica. Não sei quanto tempo levamos. Eu dormi com a esperança de ainda tê-la ao meu lado no dia seguinte. Acordei no susto com minha mãe gritando por mim.

Gritava meu nome e dizia para eu não deixar meu pai ir embora. Eu não sabia o que acontecia na minha casa, mas no curral, a visão que tive me desesperou. Ao meu lado, existia apenas uma poça de sangue já coagulando, ainda quente, em uma quantidade que não poderia ter saído apenas de mim, seria incompatível com estar vivo; sobre a poça, escamas sem brilho estavam espalhadas, como se um peixe grande tivesse sido descamado ali. Percebi que as escamas e o sangue formavam um rastro. Coberto por uma fina crosta do sangue seco sobre minha pele, fiquei de pé, vesti as calças e segui acompanhando aqueles sinais, muito mais para encontrar Ela do que para provar minha sanidade. Minha mãe continuava aos gritos, chamando meu nome. Eu gritei que estava a caminho. E estava mesmo. O rastro de sangue e escamas apontava para a minha casa. Minha mãe, sentada no batente do alpendre, apoiava sua cabeça sobre os joelhos que ela abraçava com força, como se estivesse contendo as pernas para elas não saírem correndo. Ao me aproximar, ela gritou dizendo que o senhor foi embora, pai. Ela apontou para a estrada e disse que a culpa era minha, pai. Eu logo reconheci que as pegadas eram da Graziela. O sangue não se mistura fácil com a terra e eu vi que ele se alongou pela estrada em gotas grossas e numa distribuição que revelava que a caça sangrava no lombo do cavalo e seu sangue era espalhado no compasso da fuga. E, além das gotas, escamas. Muitas delas, enegrecidas, sem beleza e sem vida.

Mas você disse que não a via, pai, mesmo quando, de cima da égua, com os peitos à mostra e com os olhos brilhando, Ela sorriu para você.

AVÓS E
A VOZ

Voinha começou a ficar muda ainda no carro. Meu pai tinha conversado com ela no dia anterior e essa é a mais viva lembrança que tenho da sua voz, concordando com a necessidade de ir para o Recife, mesmo que com muita tristeza. Com a morte de voinho, com a ausência de outros filhos e os trezentos quilômetros separando a casa dela da nossa, sem ninguém por perto para lhe acudir em caso de fêmur quebrado, dor no peito, catarro no pulmão, infecção urinária, coração inchado ou qualquer outra porta aberta para a visita da morte aos velhos, não era mais seguro ela permanecer naquela casa onde sempre viveu.

O nosso carro voltou para a capital cheio de malas, além de caixas com alguns de seus livros de receitas secretas, álbuns com fotografias que contavam em capítulos a história da nossa família, louças e faqueiros que foram presentes de casamento nunca usados, roupas de cama que ficaram no porta-malas até minha mãe doá-los, além de uma máquina de costura que, no final das contas, apenas juntou poeira em cima do guarda-roupa dos meus pais. Ela tinha um gato, o Pingo. Ele parecia ter ouvido a conversa na noite anterior e desapareceu. Pela manhã, desde que acordamos até a hora de sairmos, nós o caçamos exaustivamente sem nenhum sucesso. Nem a tristeza pelo desaparecimento dele foi suficiente para interromper a mudez que estava se instalando. Minha avó, após a explicação do meu pai de que o Pingo não apareceu, respondeu apenas um breve e consternado "é a vida". Deixamos recomendações com a vizinhança de que, caso ele aparecesse, nos informasse imediatamente. Nunca recebemos nenhuma ligação.

Minha avó nunca mais falou uma palavra. Muda desde o primeiro dia em que chegamos ao Recife. A peregrinação por consultórios médicos, laboratórios para coleta de exames, salas de ressonância magnética, cadeiras de psicólogos e centros espíritas durou quase seis meses. No começo, a gente achava que era só saudade por não amanhecer mais no lar de antes, não arrumar a antiga cama, não cozinhar no seu fogão de antes, não pôr a mesa e servir as refeições de sempre, por não limpar aquele chão várias vezes ao dia e não poder mais falar "sim" para o meu avô. Achávamos que logo ela ficaria boa. Ela nunca melhorou. Ela nunca parecia triste; na verdade, era apática. Respondia tudo com a cabeça balançando. Conseguia concordar, discordar e até dizer um tanto faz. Pelo menos assim entendíamos. Quando perguntada por que não falava mais, ela dava um sorriso de canto de boca e com os ombros dizia não saber, que depois de um tempo interpretei que também significava estar bem desse jeito. Recusava-se a sair de casa e não se interessava nem mesmo em ir à missa. Negou-se a voltar para visitar a sua cidade e meu pai deixou de insistir em soluções, acostumando-se com a ausência de sons e deixando o conformismo se instalar.

Voinha não chegava mais perto do fogão. Eu não a via ler nem escrever mais. Passava a manhã vendo TV e só parava na hora de almoçar. Depois, dormia até às quatro da tarde, quando se levantava para pegar um resto de café na garrafa, frio ou morno, como estivesse, estava ótimo. Com sua xícara, se dirigia à varanda do nosso apartamento no décimo segundo andar. Visão de prédios apontando para um céu que na imensa maioria dos dias se tingia de vermelho. O tempo do café dependia da pressa do sol.

Eu não tinha jeito para puxar conversa com a minha avó. Eu costumava visitá-la duas ou três vezes no ano e nunca fomos grandes amigas. A casa dela era um museu, onde nada podia ser tocado ou tirado de lugar. Os panos de prato eram mais bem passados que minhas camisas e seus panos de chão eram mais brancos que minhas calcinhas. Ela fazia todas as vontades do meu pai e preparava uma diversidade de pratos em todas as refeições. Adorava receber elogios dele, principalmente se mainha estivesse junto. Agradecia e emendava um discurso do quanto gostaria de tê-lo mais perto para cuidar dele. Em relação ao meu avô, o diálogo se limitava a responder suas perguntas, concordar com suas opiniões e abrandar sua fúria comum diante das situações mais tolas possíveis. À mesa, ela nunca se sentava antes dele e sempre o servia. A única pessoa com quem ela falava livremente era mainha. Ela e minha mãe nunca concordavam. Eu lembro bem das tensões que se criavam... Eu via meu pai apertando a mão de mainha escondido, implorando do jeito que dava para mudar o rumo das conversas. Apesar disso, minha mãe não se opôs a levar voinha para a nossa casa e nunca a tratou diferente. Mas, sem dúvida, com a minha avó muda, elas passaram a se dar bem melhor.

No dia de um ano da morte do meu avô, ela acordou na hora de sempre e, como sempre, não fez nada. Não perguntamos se ela lembrava da data e não fizemos nenhum comentário a respeito. Enquanto tomava seu café na varanda, desmaiou e eu, a única pessoa em casa com ela, fiz um grande barulho no prédio para que me ajudassem a levá-la ao hospital. Foram dez dias intubada após uma cirurgia no cérebro. Ela teve um grande derrame cerebral. Tiraram um pedaço do osso do crânio e drenaram o sangue que se derramou de uma importante artéria, mas o cérebro dela inchava cada dia mais. Eu sonhei algumas vezes com a cabeça dela aberta, transbordando palavras misturadas com a massa encefálica liquefeita. Mas ela só morreu mesmo, sem nada mais transbordar da cabeça dela.

Nós a sepultamos junto ao meu avô. Imaginei os restos mortais dos dois se abraçando dentro daquela gaveta. Ele mais osso do que carne e ela ainda prestes a virar banquete. Ela recuperando a voz para dizer o quanto foi fiel, praticamente morrendo na mesma data que ele e contando o quanto foi penoso ter passado um ano como um zumbi andando por nossa casa, sem conseguir dizer uma palavra. É isso que penso. Acho que voinha morreu na hora que voinho deu seu último gemido. O corpo dela ficou cumprindo tabela. Acho até que ela passava o fim de tarde rezando em pensamento para se libertar logo daquele corpo, olhando para o céu e desejando ser a próxima a receber o último chamado, um chamado que a fizesse lembrar de novo como se responde sim.

Eu só tinha dezesseis anos na época e nunca poderia imaginar que a ausência da fala poderia surgir assim, sem que o cérebro fosse danificado por algum acidente ou doença, sem que as cordas vocais ou a própria língua paralisassem. Mas assim se fez. Hoje, aos trinta anos, entendo um pouco melhor. Tenho aprendido, cada vez mais, que não é difícil fazer uma mulher perder a voz.

O PECADOR

O amarelo, que é o maior deles, com seu amargor característico, promete resolução rápida da dolorosa agonia. O branco, por sua vez, é para emprestar alguma paz, reduzir as angústias, resgatar a eficiência e reimplantar a produtividade que se espera de um homem recém-formado aos vinte e seis anos. Os dois miraculosos rodopiam e se desfazem no caminho, levados por dois grandes goles de água ou de cerveja, empurrados para um mergulho até as vísceras, onde chegam como uma química forasteira autorizada a exercer o domínio e restaurar a ordem naquele organismo doente. As mãos que levam os comprimidos à boca também alimentam um outro vício. Seja nas manhãs em casa antes do banho, durante o expediente no escritório do trabalho, refugiado no banheiro do shopping ou dentro do carro parado no estacionamento, ele faz o seu ritual de meditação.

Inicialmente, foca a atenção na respiração. Percebê-la ficando mais profunda quando uma das mãos circula pela face interna das coxas é sinal de que as dores darão trégua por poucos minutos. Às vezes, repete o nome do chefe como mantra, mas, na maioria dos dias, o nome do seu melhor amigo é o que reverbera dele. A sua mão, deslizando pela curvatura rígida, ora devagar, ora rápido, tem o poder de acelerar e tornar superficial a respiração que se iniciou profunda. Os batimentos cardíacos são perceptíveis na garganta, quase empurrando um grito de gozo ali contido. Proibido. Os músculos se tencionam anunciando uma explosão breve, com duração de segundos. O efeito desejado dura cada vez menos.

Há anos, tenta administrar as dores que moram em todos os músculos do seu corpo e consomem sua sanidade. Os médicos não sabem o que ele tem. Os remédios já foram vários e inúteis, sempre acompanhados por recomendações de psicoterapia e práticas de exercício físico. Mas exercitar-se tem sido uma tortura. Bíceps fortes e esculturais, peitorais suados exalando testosterona, glúteos e coxas contraindo e relaxando em repetidos agachamentos, abdomes definidos que conduzem a grandes volumes em balanços hipnóticos e desnorteadores, que apontando para à direita ou para à esquerda nunca indicam um caminho... o resultado é sempre ereção e tensão de todos os músculos, com crises de dor incontroláveis.

Buscar apoio na psicologia também tem sido uma tortura. Recordar o tempo em que as dores se iniciaram é evocar imagens de quando começou a nutrir aqueles pensamentos, nascidos da intimidade com seu melhor amigo, no roçar dos corpos em lutas de meninos, nos esbarros propositais no futebol, nos banhos em conjunto no vestiário do colégio, naquelas noites de videogame em bermudas de dormir e sem nenhuma camiseta, intensificadas ao surgimento dos primeiros relatos sobre as descobertas do sexo. O tempo em que descobriu a meditação manual que, até então, não era solitária.

Com acupuntura os resultados foram mínimos. Desistiu após a terapeuta o convidar para jantar. Aceitou pela vergonha de dizer não, mas, no dia combinado, utilizou as dores para justificar a ausência e disfarçar a falta de interesse. Nunca mais voltou para as sessões. Trocou de telefone. Mudou-se de apartamento porque a secretária da clínica havia registrado seu endereço. Evitou transitar de carro pelo bairro onde ficava a clínica. Passou semanas indo apenas de casa para o trabalho, sem visitar parentes ou mesmo ir ao supermercado, com medo de encontrar a acupunturista e ter que responder sim a mais um convite. Precisou de um novo remédio para livrar-se da ideia de que ela o observava de longe na esquina durante a saída do trabalho. Deu morada a dores novas e viu crescerem as que já faziam parte dele.

Por conselho do seu melhor amigo — única pessoa com quem ele sustentava alguma relação fora do trabalho, penosamente mantida, permeada de excitantes e dolorosas vontades — ele resolveu buscar alívio para as dores em uma clínica de massagem. Escolheu um massagista homem para evitar o mal-estar da acupuntura. Chegou à clínica após o expediente. Seus músculos estavam rígidos e sentia como se microagulhas quentes o perfurassem profundamente, como se tivesse ateado fogo em um formigueiro de saúvas abaixo da pele. Só por isso aceitou ficar seminu na maca daquela sala retangular, que parecia diminuir um pouco a cada aperto daquelas mãos ensaiadas. A sala seguiu reduzindo, o ar foi ficando rarefeito, os pelos do seu corpo eriçaram-se em um constrangedor reflexo, seu peito contra a maca disfarçava o galope sem freio do coração açoitado pela adrenalina. Ele ficou sem poder levantar-se ao fim da massagem. Pediu alguns minutos sozinho. Nunca mais retornou.

Trabalhar tem sido difícil. Os atestados médicos têm se amontoado desde que ficou mais próximo do seu chefe no escritório. O homem lhe dá ordens numa proximidade suficiente para aquecer suas orelhas com as palavras, estas quase se materializando pelo tom grave e excitante da voz. E, enquanto fala, os lábios produzem eletricidade ao atrito, gerando correntes potentes que o alcançam enquanto escuta atento em sua cadeira de condenado. Para piorar, há uma barba que se desenha como vegetação ao redor de um lago propício para um afogamento proposital. Mas o afogamento culposo está na lista de pecados imperdoáveis, lista na qual se encontram todos esses pensamentos, provavelmente escritos com o sangue de quem primeiro confessou os carregar como desejos.

A grande piora aconteceu recentemente, quando seu amigo o convidou para uma comemoração na casa dele. Foi nessa noite, durante o jantar, que ele recebeu o convite para apadrinhar o casamento do amigo com Luiza, namorados desde a adolescência. Aceitou. Enquanto todos os presentes bebiam e dançavam, ele passou o resto da festa sentado no sofá, fingindo não sentir dor e voltando em sua memória até o dia em que, ainda crianças, ele e o amigo resolveram treinar como se beijava usando a língua. Professores um do outro. Enroscaram-se sem didática na língua um do outro. E foi assim que, preparando-se para beijar meninas, eles treinaram juntos durante toda uma tarde. Uma única tarde. Nunca mais repetiram e ainda evitaram falar a respeito, até que restasse apenas a dúvida sobre um possível esquecimento total por parte do amigo. Ao fim da festa, despediram-se com um forte abraço e ele desejou intimamente uma última tarde como aquela da infância, antes que chegasse o dia de abençoar os noivos no altar, perante Deus e os homens.

No dia seguinte, não se levantou da cama. Pensava na tarde que ficou na infância e naquele último abraço da despedida. Equacionou diversos detalhes da última noite e lembrou dos inúmeros abraços iguais aquele e que nunca haviam significado nada além de um gesto fraterno. Trouxe para a equação o fato de esconder seus desejos e a luta contra as dores irremediáveis. Enumerou as situações frustrantes que tem vivido e somou com o sentimento de culpa que o vem preenchendo nos últimos anos. Subtraiu os raros momentos de felicidade, dividiu pelos anos vividos e sentiu-se preso a uma existência vergonhosa e digna de pena. Não colocou na equação os anos pela frente, esses não eram uma certeza. Na exatidão dos cálculos, só se pode contar com o presente. Ligou para o amigo. Precisava encontrar ele. Logo cedo. No dia seguinte. Antes do trabalho.

Amanheceu e ele acordou mais cedo que de costume. Mal havia conseguido dormir. Levantou-se e tomou dois amarelos de uma só vez. As dores eram maiores na cervical e região lombar. Ensaiou um alongamento, mas uma fisgada intensa o impediu de completar o movimento ainda no início. No chuveiro, meditou até que jorrasse de si um desesperado desdém pelo futuro pré-determinado, concretizado pelo desperdício de matéria geradora de vida. Uma espécie de sepultamento momentâneo de coisas para além das dores. De cabeça baixa, conseguiu enxergar pétalas destacadas de uma rosa branca rodopiando nas águas até sumirem pelo ralo. Enquanto se ensaboava, fez questão de tatear e sentir cada músculo que lhe tirava a esperança de um dia viver como os normais. Chorou pelas dores sem odiá-las, acolhendo-as não como causa, mas como consequência de uma mente em perturbação constante. Aceitou a dor física como nunca poderia fazer com a dor moral. Saiu do banheiro e tirou do guarda-roupa um traje social. Vestiu-se primorosamente. Dispensou a gravata. Ele vai me achar bonito, falou em voz alta, olhando-se no espelho e pensando no amigo que ficou de lhe encontrar às sete horas. Olhando para o céu através da janela ele recalculou o plano. Diante da real possibilidade de ser livre, entendeu o conceito filosófico de angústia. Não seria mais possível reprimir seus desejos. Não havia mais força para suportar as dores. O inferno era isso. Além de que, o pecado foi estrategicamente feito para o homem cometê-lo e ser lembrado de que não é Deus. Pecaria? Pecaria. Abriu a janela. Esperou o amigo chegar e estacionar do outro lado da rua. Sete andares era a menor distância que já esteve da tão sonhada liberdade. Encheu-se da coragem que nunca pensou que teria. Escolheu o pecado definitivo. Atirou-se.

PRENÚNCIO

Tenho trabalhado com as palavras. Conto histórias e aqui trago a minha, ou a parte dela que melhor explica porquê escrevo. Meu início é a partir de um fim. Meu pai partiu no cenário familiar perfeito de um almoço de domingo em um apartamento da zona norte recifense. Foi a morte dele, mais efetiva que as tantas tentativas em vida, que nos fez perceber de fato a persistência do amor naquele roteiro enfadonho de teatro dominical. Para nós, aquele início de tarde trouxe uma quebra no roteiro. Para a Morte, foi só seu trabalho fácil e monótono, sem folga aos domingos.

O barulho da morte veio da cozinha. A tigela caiu das mãos dele misturando pelo chão cacos de vidro a um certamente delicioso molho de tomate. Minha mãe, dona Laura, estava no sofá e levantou-se equilibrando um copo de cerveja na mão, pronta para reclamar da bagunça que teria que limpar. Meu irmão, Carlos, o mais velho, largou o celular e nem fechou a pornografia que estava assistindo ao sair para ver o que aconteceu. Ana, minha esposa, por ser a companheira fiel do meu pai na cozinha desde que começamos a namorar, assistia em primeira mão a Morte contracenando com ele. Eu, a filha mais nova, estava sentada na sala olhando fotografias antigas e, no momento do acontecido, segurava a foto que enfeitaria sua lápide e estaria no cartão da missa de sétimo dia.

Ana gritou por socorro. Meu irmão arrastou o corpo da cozinha para a sala. Eu liguei para o *192.* Ana estava em choque. Minha mãe saiu para chamar a vizinha enfermeira. A socorrista me atendeu. Ela, do outro lado da linha, me irritava com sua calma. Passou a chamada para o médico, que logo entendeu a gravidade. A ambulância estava a caminho. Bebé, a vizinha enfermeira, chegou e checou o pulso. Nada pulsava nele. Pediu uma tesoura. Ana saiu do seu transe, correu e trouxe a tesoura da cozinha. Bebé cortou ao meio a camiseta que ele vestia e começou a comprimir aquele pálido tórax nu de maneira coordenada.

Minha mãe orava. Meu irmão ajudava na massagem cardíaca. Eu chorava enquanto Ana segurava minha mão.

Após alguns minutos, a ambulância chegou. A médica pediu que todos se afastassem. Primeiro choque. Massagem. Segundo choque. Massagem. Tubo na garganta. Oxigênio. Adrenalina na veia. Terceiro choque. Massagem. Suor. Lágrimas. Molho de tomate. Hora da morte: quatorze horas e dois minutos. Mais lágrimas. E é nesse exato momento que a história volta a ser minha. Passei a sentir um inexplicável cheiro de chuva molhando a terra. O que fazia desse cheiro tão comum um fato que merece páginas escritas era, a princípio, a constatação de que sobre o asfalto lá fora, onde a vida continuava normalmente, sequer chovia. As nossas lágrimas não tinham o mesmo alcance das águas de Deus e, apesar da nossa dor, Ele tinha o compromisso de manter o sol para as famílias que só tinham o domingo para aproveitarem a praia. No entanto, contrariando a realidade, o cheiro se intensificava. A terra molhada tornava-se quase palpável e se aquele perfume continuasse se apropriando dos meus sentidos, tenho certeza de que acabaria com minhas unhas pretas de terra ao simplesmente agarrar o vento. Passei a sentir um desconforto no estômago. O mal-estar não era pelo petricor que tomava conta do ambiente. Na verdade, aquele perfume familiar me acolhia. Mas o desconforto ganhava forma de dor e agora vinha acompanhado de náuseas. Atrapalhava o pensamento. No mesmo instante perguntei a Ana se ela também sentia aquele cheiro. Antes da resposta, tudo escureceu e me desconectei do mundo.

Acordei no hospital, lembrando bem da minha tragédia familiar, mas sem entender por que eu estava ali. A minha mão, que Ana continuava segurando firmemente, agora tinha uma agulha terapeuticamente colocada em seu dorso, dando passagem para um soro que gotejava lentamente por um caminho até minhas veias.

Ana me contou que eu tinha tido uma crise convulsiva. Palavras do médico. Após ter apagado, meu corpo tremeu inteiro como por efeito de um choque elétrico. Explicação de Ana. O que aconteceu, segundo os doutores, foi decorrente dos meus nervos fracos diante de uma cena forte. E concordei. Eu estava fraca, devastada e sonolenta. Não falei muito, mas me recordo de ter perguntado a Ana se ela tinha sentido aquele cheiro de terra molhada na sala, justo na hora que a médica declarou a morte do meu pai. Ela disse que não e, interrogando os demais, realmente ninguém havia sentido. Apenas eu apreciei aquele perfume, que até então não tinha uma explicação racional. O mais curioso era que, no depósito de memórias olfativas, esse era o cheiro preferido do meu pai, desbancando facilmente outras coisas que ele também amava, como o cheiro do pão francês na padaria ou até o perfume que a minha mãe colocava nos dias de fazer amor. Bastava cair chuva na cidade para que ele, de prontidão, comentasse sobre a infertilidade do asfalto, que não abrigava as bactérias que seriam banhadas liberando aquela fragrância única. Abria-se então um verdadeiro portal que nos levava para a sua vida no interior, onde passou a metade dos sessenta e seis anos que viveu. Um lugar onde construiu lembranças facilmente acessadas pela sensação de ausência que a chuva na cidade trazia.

Aconteceu que naquela sala, ao lado do corpo dele, eu senti tomando minhas narinas o mesmo cheiro que eu apenas sentia nas minhas férias de criança no interior. Eu não achava explicação para aquele fato e não estava no melhor momento para encontrar respostas. Afastei o pensamento, olhei para o soro gotejando e fui hipnotizada por aquele movimento que me lembravam lágrimas. Caí no sono mais uma vez. Quando acordei, tinha raiva de Deus e um velório para organizar.

Foi no velório que o cheiro me tomou pela segunda vez. Enquanto eu estava ao lado do caixão, aquele cheiro me invadiu por inteira. Mas como da primeira vez, não chovia lá fora. Havia incensos queimando, mas eles foram retirados de uma caixa vermelha que prometia fortuna e riquezas, nada tinha de terra molhada. Fiquei assustada com a insistência daquela sensação perceptível apenas para mim. O desconforto no estômago apareceu de novo, mas dessa vez não perdi a consciência. Ana, percebendo que eu não estava bem, levou-me para nos sentarmos longe do caixão e das pessoas que estavam ao redor dele. Ao me distanciar do centro das atenções, o cheiro sumiu.

Tomei um copo d'água e comentei com Ana que aquele perfume tinha voltado a perturbar meus sentidos exatamente como da outra vez, de repente e sem explicação. Ficamos assustadas por não existir em nossas cabeças uma conclusão racional para o fato. Eu e Ana passamos o resto do velório elaborando essas questões, regadas a chá frio e bolacha salgada. Mas ao fim da cerimônia fúnebre, com a visão sólida da terra encobrindo o caixão onde vi meu pai pela última vez, fui dilacerada pela realidade e senti-me envergonhada por acreditar em explicações sobrenaturais. E no meu íntimo, desejei aquele cheiro me acolhendo, mas dessa vez não senti.

Não quero aqui dar atenção a como meu mundo ficou sem meu pai. Relatos sobre minha família, elaboração do meu luto, potencialidades geradas pela morte de quem se ama e ressignificações sobre a vida não vêm ao caso. Quero me ater a falar desse cheiro. Da terra em minhas narinas, que parecia molhada pelas gotas que desceram via canal nasolacrimal naquele fatídico domingo. O perfume que mudou minha vida.

O fato seguiu se repetindo. A terceira vez que aconteceu foi no domingo seguinte à morte dele, na casa dele, na cozinha dele, seguindo receitas dele, continuando a tradição dele de almoçar todos juntos semanalmente. Havíamos chegado da missa e nos organizávamos para almoçar. Não perdi a consciência e nem convulsionei, mas senti o petricor nitidamente. Foi nesse dia que, por incentivo de Ana, decidi compartilhar o curioso fato com minha mãe e meu irmão logo após almoçarmos e antes mesmo que nos levantássemos da mesa, momento que encerrava oficialmente o ritual do meu pai e seguíamos nossas vidas para além dele.

Eles me ouviram com a atenção de quem escuta um segredo sendo revelado ou um testamento secreto sendo lido. Enquanto o olhar da minha mãe brilhava de uma curiosa emoção e surpresa, o do meu irmão se enevoava e perdia-se na incredulidade, dando voltas atrás de explicações que os iluminassem novamente por alguma luz sob a luz da razão. Ele foi o primeiro a quebrar o silêncio sugerindo que eu procurasse um médico especialista em olfato, enrolando-se ao tentar pronunciar otorrinolaringologista, desistindo do argumento e voltando ao silêncio após minha mãe tocar-lhe delicadamente no braço, como que pedindo gentilmente que ele se calasse para ela falar.

Minha mãe se ajustou na cadeira, suspirou confirmando que havia concluído mentalmente o raciocínio e foi prática, "Esse assunto não é coisa pra se ver em médico". Sugeriu que eu procurasse um centro espírita ou alguém que tivesse intimidade com o além. Não prolongou o conselho. Levantou-se e nos seus gestos silenciosos mostrou que de sua parte só restava recolher e lavar os pratos - um a menos, daquele domingo em diante.

No dia seguinte, acordei com uma mensagem da minha mãe no celular. Ela me enviou um "Bom dia", seguido de um número de telefone para marcar uma consulta espiritual com Mãe Margarida, uma médium que atendia no Bairro de Santo Amaro, de segunda a sexta-feira, apenas em horário comercial. Sei bem dos horários porque depois que o cheiro de origem misteriosa apareceu pela quarta vez, eu a procurei. O cheiro ressurgiu dois dias após aquele domingo enquanto eu caminhava no fim de tarde na Avenida Beira Rio. Nem o Capibaribe com seus peixes mortos nas margens e com sua poluição crescente conseguiram dominar meu olfato. Mais um encontro com o perfume de terra molhada. Passei mal e Ana precisou pedir um táxi para voltarmos para casa. Tomei então a decisão de ouvir minha mãe. Decidi que eu precisava marcar um atendimento com Mãe Margarida. Ela não tinha horários presenciais, então marcamos um atendimento online às 15 horas do dia seguinte, com pagamento adiantado.

No horário marcado eu estava em frente ao computador. Minhas mãos suavam exageradamente enquanto eu aguardava o início da sessão. Cumpri todas as exigências. Tomei um banho de ervas com arruda e camomila, molhando apenas do pescoço para baixo e rezei uma oração ao Arcanjo Rafael no final. Pelo que entendi, não era uma recomendação padrão, mas ela sentiu uma energia densa vindo da minha voz e adiantou o banho para uma purificação. Coloquei um vestido verde claro, de alças e sem estampas. Amarrei meu cabelo num rabo de cavalo. Passei apenas um brilho labial e uma base no rosto. Queria parecer leve. Fiquei sozinha no quarto como ela exigiu. Às 15 horas em ponto iniciamos. Lembro bem que fiquei paralisada quando a câmera abriu e a vi pela primeira vez. A primeira coisa que notei, destacando-se naquela face extremamente branca, redonda e cheia de rugas, foi um enorme tumor em sua fronte. Era uma tumoração do tamanho de um limão e que tinha o aspecto de uma couve-flor, porém de cor vermelha, sangrante, com pequenos vasos visíveis em sua superfície. A sensação era que a qualquer momento algo sairia de dentro dele. Às vezes, ela mexia a cabeça de um jeito que parecia esfregar o tumor na câmera. Eu, a Mãe Margarida e a Couve-flor estávamos prontas para iniciar a conversa.

Mãe Margarida era pouco expressiva, quase não piscava os olhos e não reagia muito às minhas emoções. Ela falava sempre no mesmo tom e bem devagar. Ela já sabia o que me angustiava pela conversa que tivemos previamente ao telefone. Foi direto ao ponto:

— Então... esse cheiro... a terra molhada não te agrada?

— Não é a terra molhada em si, o cheiro tem o significado especial como mencionei por telefone. O que me incomoda é sentir de modo tão real sem que ele exista de fato! —Acrescentei com um sorriso sem graça, que contive ao perceber a *facies* amímica daquela entidade a minha frente.

— Como não existe? Você não sentiria se não fosse real.

— O que quero dizer é que não chovia nos momentos em que...

— O que você quer dizer é que nada que você conhece é capaz de explicar esse cheiro real que chegou até suas narinas.

— Mas a senhora conhece algum fenômeno que explique?

— Eu só aceito os fenômenos. Gozo do que eles me oferecem sem precisar explicá-los — pigarreou e deu um gole na lata de Coca-Cola que estava sobre a mesa — há quem diga que as vozes que escuto são frutos de perturbações em áreas do meu cérebro. Dizem isso com ar de quem descobriu o fogo, achando que falam alguma novidade. Mas é claro que vem da minha cabeça, o que ninguém responde é de onde vem a força que a estimula e produz essas vozes. Eu mesma não perco meu tempo tentando entendê-las, eu ganho meu tempo e meu dinheiro seguindo o que elas me dizem. Por isso te pergunto. Esse cheiro que é só teu lhe diz o quê?

— O que ele me diz? — Aceitei o desafio proposto. Repeti a pergunta mentalmente e permiti que alguma resposta me atravessasse. Fui logo chorando. Lembrei do meu pai e desejei a terra molhada. As lágrimas seguindo o seu percurso fizeram cócegas nos meus lábios, trazendo a lembrança de quando a chuva forte escorria pelo meu rosto e fazia pesar nossas roupas, a minha e a dele, livres num cercado imenso à beira do rio onde corríamos sem motivo. Ele, me levantando pelos braços, resgatava-me do lamaceiro que prendia minhas botas, como quem arrancava uma raiz do solo. Eu tentava sempre andar pisando nas pegadas dele. Uma única pegada de sua imensa bota cabia meus dois pés. Era minha terra firme. Minha mãe nos esperava na casa antiga dos meus avós, no alto de uma ladeira, de onde podia ver nossa festa no cercado. A subida até a casa era cheia de barro vermelho, que nenhum carro ou motocicleta conseguia subir em tempos de inverno. Meu pai me guiava ladeira acima. Ele sempre sabia por onde andar. Aproveitávamos a chuva e o mundo que ela redesenhava sem medo do resfriado que minha mãe sempre previa. Era uma explosão de felicidade genuína. Quanto ao cheiro de terra molhada? Ele não dominava esse momento. Ele surgia antes. Ele aparecia quando a chuva ainda era fina e o solo ainda não estava enxarcado. Era o prenúncio de felicidade.

— Ele anuncia a felicidade — falei eufórica e em voz alta, sentindo que portas se abriam sucessivamente na minha cabeça. Todas se abrindo e eu passando flutuando livre por elas.

— Então o cheiro não só existe como tem um motivo de ser — falou Mãe Margarida, séria, sem contagiar-se com minha euforia e continuou — posso então iniciar meu trabalho?

— Mas achei que já tivesse iniciado!

— Sou médium e muitas outras coisas, mas não psicóloga — disse cortando algumas cartas e fazendo previsões que não consegui mais prestar atenção. Eu estava focada no significado do cheiro.

— Tenho uma última coisa a dizer — foi só nesse momento que voltei a prestar atenção nela. Olhei nos seus olhos e ela continuou — procure um médico e vá tratar sua epilepsia.

Ela desligou a chamada. Eu não entendi a recomendação de ir ao médico. Ana abriu a porta do quarto e o cheiro de terra molhada entrou junto com ela. A náusea chegou, a dor no estômago me cegou, cai da cadeira sacudindo todo o corpo numa convulsão de quase cinco minutos. No Pronto-socorro conheci Dr. Silva, neurologista que diagnosticou minha epilepsia. Iniciei um medicamento que faço uso até hoje, dez anos depois. Desde então não tenho mais crises convulsivas, ou seja, o cheiro de terra molhada, fruto do choque epiléptico das áreas cerebrais responsáveis pelo olfato, não me visita mais inesperadamente.

Sai do hospital decidida sobre meus próximos passos. Eu poderia ter sentido o perfume de Ana, o cheiro de pipoca do cinema, a acolhedora fragrância exalada por um bolo ao ser retirado do forno ou o perfume caótico do mangue com poluição das ruas do Recife. Mas não foi nada disso que a epilepsia me trouxe. O cheiro foi de terra molhada por um motivo óbvio. Mudei minha vida por completo. Voltei para o interior, aquele das férias da minha infância e da época mais feliz da existência do meu pai. Ana foi comigo e nossos almoços de família aos domingos agora acontecem em menor frequência. Minha mãe continua morando em Recife e meu irmão continua enfurnado na casa dela. Ana ensina num grupo escolar perto da antiga casa dos meus avós, que reformamos o básico para não cair sobre nós. Eu fotografo a natureza e escrevo livros. Escrevi vários romances, contos poemas. Os romances produzo sempre no inverno. Preciso do cheiro da terra molhada para me inspirar, mas do chão molhado o suficiente para nutrir as histórias do início ao fim. No verão, a chuva só molha o suficiente para a inspiração chegar e contar coisas breves. Nasce um poema e, às vezes, alguns contos.

Nos tempos em que a chuva demora a chegar e a necessidade de escrever me toma, eu burlo as regras. Não tomo o remédio para a epilepsia. Vou até a beira do rio e sob a copa de uma grande árvore, para não ser vista por ninguém, deito-me no chão para prevenir a queda. Aguardo... O cheiro sempre vem até mim.

MEMBRO
FANTASMA

Todas as noites a mesma agonia. A mão dele ainda segura as alianças com força.

Que mão?

O incidente é revivido em meio às dores. Mão fechada com uma força descomunal, como um boxeador que vai tentar o nocaute, com o dedão esmagando os outros dedos.

Quais dedos?

Foram os últimos gestos com aquele membro, colocado para fora da janela, prestes a jogar as alianças no asfalto. Atirar longe aquela marca de frustração enquanto conduzia o carro da casa dela para a casa dos seus pais.

Sofrimento e ingratidão.

Saiu mais caro que deixar com ela aquele anel banhado a ouro. Mas ele sempre precisava repetir a mesma cena. Tantas vezes a mesma cena. Dessa vez, o ônibus passou e levou seu braço esquerdo.

Essa filha da puta é a culpada.

A mão queima forte quando vai dormir. Os anéis que ele continua segurando é como brasa ardendo e dissolvendo pele, gordura, músculo. Agora não dá mais para abrir a mão. O membro foi embora muito rápido. Um estalar de estaca sendo atirada contra o chão para se partir ao meio. Um som nítido de osso pulando fora da junta que o abriga, rasgando os ligamentos e tendões que o seguram no lugar. Mil vezes mais intenso que o barulho dos ossos da mão dela estalando mais cedo, naquele mesmo dia, quando ela o contrariou.

Ele com certeza está sofrendo mais. Ele é a vítima.

Foram sete anos juntos. Desde adolescentes percorrem caminhos que chegam até a solidão, a vergonha, a frustração e a dependência. Formavam um só corpo e, de tal forma, só uma cabeça podia comandar os gestos. De surpresa, veio a gestação. Peitos que incham e doem, náuseas e vômitos que debilitam, desmaios que impedem o trabalho, a trombose na perna direita e os sonhos prestes a serem mastigados por um ser de dois quilos e meio que nem dentes tem. De surpresa, a percepção de que nunca houve um só corpo.

Filha da puta assassina.

Um só corpo. Um corpo grávido é sempre um só corpo e ele sempre se faz notar. A vulva arroxeada viu o que os olhos, muitas vezes roxos, nunca viram. O aceleramento cardíaco pelo aumento do volume sanguíneo falou o que a boca tantas vezes manchada de sangue nunca disse. O corpo se emancipou e não teve mais volta.

Filha da puta assassina.

Eles agora compartilham apenas o mesmo tipo de remédio. É para aliviar dores. No caso dela, a dor da depressão. No caso dele, a dor do membro fantasma. Ela tem melhorado e tentado seguir a sua vida. Ele não. Ela segue bem sem o feto que decidiu tirar. Ele, contrariado, segue gritando todas as noites com dores no braço que o ônibus arrancou.

Filha da puta assassina.

Com a mão direita ele consegue trabalhar. Preparar seus relatórios. Escrever mensagens revoltadas e ameaçadoras para ela. Bater punheta pensando nas outras mulheres, nunca nela. Ela era para casar. Ele nunca vai deixá-la em paz. Ela sabe disso e tem repassado o problema para quem deveria resolver: família, estado, religião. Às vezes, cede à pressão e revida ameaçando-o também.

Ela está louca, cada dia mais louca.

Em uma terapia com espelho, ele coloca o braço direito em uma posição específica, com a intenção de confundir o próprio cérebro. Tenta fazer a sua mente olhar o reflexo e achar que o braço esquerdo está de volta. Abra a mão, o terapeuta fala. Abra a mão e jogue os anéis fora.

Aquela desgraçada vai carregar essa culpa pra sempre.

Ela segue tentando viver. Nas fraturas consolidadas, no útero vazio, no braço dele arrancado, no livramento alcançado, só resta alívio. A mão que segura as alianças só tem assombrado ele. Cada corpo incompleto aprisiona seus próprios fantasmas. Dentro dela há muita vida e algumas culpas, mas nada de fantasmas.

DORES EM SALVA

"Pacientes com cefaleia em salvas aguda respondem muito bem à inalação de oxigênio. O fluxo alto e o alto conteúdo de oxigênio são importantes"

(Harrison, Medicina Interna, 2017)

Ela foi acordada na madrugada por uma impiedosa martelada em sua têmpora direita. Procurou ao seu lado, na cama, quem a teria golpeado tão severamente. Tateando, confirmou que não havia ninguém. Mas como poderia ter alguém se ainda era madrugada? Ele só chegaria amanhã à noite, pensou ela, tonta de dor e com dificuldade de organizar as ideias. Descarregaria o caminhão logo cedo e voltaria para casa, foi isso que ele falou no telefone à noite, antes da ligação cair e ela voltar a tomar seu caldo apimentado de galinha em frente a TV. Seria tudo isso a causa da dor? A preocupação com o esposo na estrada, temperada com o caldo repleto de pimenta. Era isso que diria ao médico quando chegasse ao hospital. Talvez dissesse também que sua mãe morreu após um derrame cerebral. Credo, será que é um derrame, tão nova? Pensou, sendo interrompida por mais uma martelada, do mesmo lado direito, agora sentindo uma onda que vibrava em direção à órbita do mesmo lado. Ela ignorou a inexistência da luz até o olho direito passar a lacrimejar. Foi só nesse instante que ela percebeu que sequer havia aberto os olhos.

Quanto mais a cabeça doía, com mais força ela apertava os olhos. A sensação era de que eles tinham girado em suas órbitas e agora olhavam para dentro da cabeça, procurando alguma fresta entre os vasos e nervos que conectavam seu cérebro ao mundo exterior, adentrando em um túnel minúsculo que é o caminho por onde entrou tudo que ela já pôde ver nessa vida. Quem dera sobrar espaço para ela enxergar através desse minúsculo túnel a causa de toda essa dor. Um bicho entrou pelo ouvido, só pode ser um bicho. Enxergaria ele com uma cabeça de barata e patas de caranguejeira, peludas como seus traumas, fazendo um ninho nos sulcos do seu cérebro. Mas ela não enxergava nada. No máximo, percebia algo como um clarão, um borrão amarelo que já a incomodava.

De olhos ainda fechados, sentiu que mais uma martelada estava por vir. Lembrou-se dos cascudos que levava da professora na infância. Levou as mãos à cabeça e a abraçou como pôde. Nesse momento, um espanto. A cabeça parecia estar dez vezes maior que o normal. Tantas vezes na infância implorou a Deus para melhorar sua memória. Talvez fosse esse o momento da realização dos desejos não atendidos. Iniciou a metamorfose. Melhor abrir os olhos e conferir a transformação em frente ao espelho. Pela dor que sentia, agora se instalando no vértice do crânio em badaladas ritmadas, provavelmente a cabeça continuava aumentando e terminaria explodindo como uma bomba junina, voando miolos para todos os lados, repletos de bichos, mãe e filhotes, centenas deles, todos com mini cabeças de barata.

Abriu os olhos. Luzes apagadas. Tudo escuro. Apenas o contorno dos móveis. Ainda bem.

Mexeu-se na cama com cuidado e foi mais fácil do que imaginava. Empolgou-se em saber que corpo atendia bem aos comandos da cabeça latejante. Ficou de pé num pulo, mas logo veio o arrependimento. Sentiu que começava a girar ao redor da cama. A ciranda solitária durou cerca de vinte segundos, sem música alguma, no breu absoluto, rodando sem parar mesmo que não mexesse nenhuma das pernas, tateando o ar com uma das mãos e a outra servindo de ancora apoiada na parede, notando em meio a dança um gosto amargo que agora chegava à boca. Aquele um terço de minuto foi encerrado com um aperto involuntário na barriga, empurrando um jato azedo que se transformou em uma grande cachoeira de vômito. O cheiro era de galinha com malagueta. Um cheiro de bicho que morreu em vão, desperdiçado no chão do quarto.

Atordoada, pisou descalça no próprio vômito e seguiu até o banheiro. Quando acendeu a luz, o martelar diabólico ganhou uma ponta afiada, penetrando em sua testa, entres as sobrancelhas, fazendo os olhos fecharem em reflexo. Vou abrir devagar, ela precisa encarar o espelho e ver o estado de sua cabeça, será que está maior que a da

Madalena? Era isso, um castigo por toda a chacota que fez com a pobre vizinha cabeçuda. Logo, o martelo não era nada diabólico, era, na verdade, um artifício da justiça divina. Se ainda fosse possível consertar a situação do passado procuraria Madalena e pediria perdão. Faria ainda mais, confeccionaria toucas de crochê para dar de presente aos trigêmeos da vizinha, também cabeçudos, não importa se me custasse o dobro de rolos de linha. Depois, não tocaria mais no assunto. Fingiria que nada de errado está sob o pescoço deles. Deus devia saber que ela não pensava isso por mal. E não era inveja por nunca ter conseguido ter filhos. Era só uma constatação com amargura, sim, não era inveja e sim amargura por nunca ter tido filhos, que era o mínimo que se esperava dela. A cabeçuda teve três de uma só vez para passar na sua cara o tamanho da sua inutilidade como mulher. A justiça divina deveria ser mais branda com as brincadeiras de criança, queixou-se.

Abriu apenas um olho. Suportou a dor. Abriu o outro. Tudo ficou embaçado e foi ganhando nitidez aos poucos. Caminhou até o espelho e parou em frente a ele. Acomodou os cabelos negros atrás das orelhas e sentiu a dor se intensificar, mesmo com o toque leve dos seus dedos. Para sua surpresa ou decepção, a cabeça que via era a mesma que sempre teve. O mesmo tamanho de formato ovoide, com uma testa grande onde se vê sobrancelhas grossas que são meras alegorias de um olhar marcado pela solidão. Puxei à minha mãe. A cara triste faz parte da genética das mulheres de onde ela vive. Naquela cidade, mulher já nasce com destino certo. Eu vou me tornar a minha mãe? O próximo passo seria o derrame de sangue na cabeça.

Era melhor correr para o hospital porque a dor não cessava e ainda aumentava com cada pensamento novo. Tentou vomitar outra vez, forçando com o indicador no fundo da garganta, mas nenhuma fibra do músculo da galinha tinha sobrado no seu estômago. Limpou os lábios carnudos, amarrou os cabelos no alto da cabeça com cuidado, pois o toque no couro cabeludo dava a mesma sensação de passar um ferro quente, o que trazia ainda mais recordações. Colocou um vestido que estava pendurado junto com a toalha num cabide do banheiro. Aquela roupa apertava seus volumosos seios, marcando seu quadril de mulher estéril e, em comprimento, chegava até seus joelhos deixando à mostra suas pernas cinzentas.

Saiu do banheiro ainda descalça, apressada e decidida a ir ao hospital. Pisou novamente no vômito e experenciou o paladar azedo mais uma vez. Sua boca encheu-se de água feito cacimba. Ela engoliu tudo e abriu a porta do quarto.

Manteve os olhos abertos apenas o suficiente para não se acidentar de encontro aos móveis. No primeiro passo que deu chutou o gato sem querer, que preferiu usar a boca para lhe arrancar um pedaço da perna em vez de gritar em um miado de dor. Os gatos não são mais como os das canções de criança, agora eles não perdem tempo dando berro, preferem morder. Você só berra quando está trepando no telhado. Ela quis ofendê-lo e por um momento desejou ter chutado aquele animal com mais força, mas numa conclusão rápida arrependeu-se do pensamento e terminou com admiração pelo pobre magricela. Pior era ela, que nem mordia, nem trepava e nem gritava por nada nessa vida.

A dor na cabeça seguia como uma espécie de trovoada, que chegou de repente e se manteve com descargas elétricas, inundações e trovoadas em seu juízo.

Será que a dor do parto é forte assim?

Pegou a chave da motocicleta do marido que estava pendurada em um prego batido na parede da sala. Caminhou apressada para a porta que dava para a rua. Decidiu que sairia assim mesmo, descalça, sem documentos, com destino ao hospital mais próximo.

Abriu a porta, saiu sem olhar para trás e no primeiro passo já estava na pequena área externa da casa, repleta de pneus velhos de caminhão e algumas plantinhas penduradas na parede. Não olhou para o céu porque tinha medo do efeito álgico da luz das estrelas. Ou medo de perceber que elas lhe olhavam com pena. Abriu a grade de ferro da frente e empurrou a motocicleta para a madrugada fora de casa. O acento estava molhado pelo sereno da noite e fez o vestido grudar no seu corpo. Tentou dar partida, mas seu pé estava escorregadio pelo vômito. Enxugou o pé com a mão e limpou no vestido. Ela deu partida finalmente e saiu sem fechar as portas, que ficaram abertas pintando um cenário de casa abandonada. O gato, de dentro de casa, observou ela sair numa arrancada perigosa. Seus olhos perguntavam quem lhe daria leite de agora em diante.

Ela saiu rua afora, sem ninguém pelas calçadas para observar sua liberdade. O silêncio era rompido por ela a cada rua que passava acelerando. Nos primeiros metros percorridos, escuros como de uma cidade abandonada, iluminados apenas pela lua e pelo farol da motocicleta, ela passou a notar algo mudando.

O vento de encontro ao seu rosto, sem capacete ou óculos que atrapalhasse esse contato, entrava por suas narinas em tão grande fluxo que mal conseguiam ser aquecidos e seguiam para seus pulmões num percurso fisiológico, mas a cada metro que percorria, cada vez mais veloz preenchendo o vazio da cidade e ditando o som da madrugada, o fluxo de ar ganhava força para percorrer um caminho alternativo. Ela sentia que ele a curava. Entrava pelos seios da face e chegavam como um tornado em sua cabeça, varrendo para longe a dor. Talvez arrastasse os bichos que, com suas patas ridículas, não conseguiam se segurar firme nos miolos e estavam sendo arremessados pelos ouvidos, ganhando o ar da cidade. Talvez fossem os pensamentos ruins sendo levados pelo vento e humilhados pelo tamanho do mundo ao redor, muito maior que eles. Talvez fosse a distância cada vez maior da casa onde se sentia escrava da vida. Talvez fosse Deus, que achou que o castigo já poderia terminar. O que quer que fosse, não precisava mais de um médico.

Ela precisava seguir acelerando e não demorou muito para avistar a placa que dizia *"Volte Sempre"*. A cidade já terminava e pouco importava. Seguiria. Nem olhou para trás para enxergar o *"Bem-vindo"* pela última vez. Aquele ar de liberdade era sua cura e estava claro. Seguiria acelerando até quando pudesse, sem gastar seu tempo pensando no que aconteceria quando precisasse parar. No momento, só interessava a estrada, o céu com estrelas que pôde encarar sem dor, as árvores que assistiam sua passagem e o vento que varria as dores e soltava seus cabelos. Na cidade ela seria a maluca que sumiu no mundo. Enfeitariam a história para render fofocas e, com sorte, a colocariam no mesmo lugar das lendas que contam para as crianças. Não seria a história da mulher que para aliviar suas dores precisou experimentar a liberdade. Eu não sou lenda, sou mau exemplo. Seria a história da mulher que vaga pelas ruas à noite, gritando de dor, com a cabeça gigante, voando baratas com patas de caranguejeira dos seus ouvidos e levando para a morte as mulheres que deixam suas casas de madrugada, quando deveriam estar esquentando os maridos, dispostas a acordarem antes deles e lhes prepararem um bom café.

Dores em salva surgiu como um caminho desconhecido, uma tentativa de atalho a ser percorrido pelos dois fragmentos de um mesmo eu. Uma esperança do encontro e da, enfim, unidade. Ilusão. As partes não se encaixam mais. Não se repulsam, apenas se lambem, se mordem e, com frequência, sangram. Dessa relação surgiram essas páginas. Não sei até quando essas partes resistirão sem que uma devore a outra.

Este livro foi composto em Utopia Std e impresso em papel Pólen Bold 90g/m^2 em agosto de 2024 para a Editora Patuá.